Béa, la fée du basketball

Un merci spécial à Narinder Dhami

Catalogage avant publication de Bibliothèque et Archives Canada

Meadows, Daisy
[Naomi the netball fairy. Français]
Béa, la fée du basketball / auteure et illustratrice, Daisy
Meadows ; texte français d'Isabelle Montagnier.

(Arc-en-ciel magique. Les fées des sports ; 4)
Traduction de: Brittany the basketball fairy, publié à l'origine sous
le titre : Naomi the netball fairy.
ISBN 978-1-4431-3610-5 (couverture souple)

I. Montagnier, Isabelle traducteur II. Titre. III. Titre: Naomi the
netball fairy. Français. IV. Collection: Meadows, Daisy L'arc-en-ciel
magique. Les fées des sports ; 4.

PZ23.M454Bea 2014   j823'.92   C2013-907961-0

Édition publiée par les Éditions Scholastic,
604, rue King Ouest, Toronto (Ontario) M5V 1E1

5 4 3 2 1   Imprimé au Canada 139   14 15 16 17 18

Béa, la fée du basketball

Daisy Meadows

Texte français d'Isabelle Montagnier

Éditions
■SCHOLASTIC

Le centre sportif du Royaume des fées

Le château de glace du Bonhomme d'Hiver

La maison de la tante de Rachel

L'école élémentaire de Combourg

JOURNÉE DES SPORTS

La maison de Rachel

Le club de tennis

Les courts de tennis

La chaise d'arbitre

La piste

Le parc ovale

Les Olympiades des fées vont bientôt commencer.
Cette année, mes gnomes habiles y participeront
et grâce au plan diabolique que j'ai manigancé,
ils remporteront toutes les compétitions.

Munis des objets magiques des sports,
ils se distingueront par leur excellence
et gagneront toutes les médailles d'or.
À vos marques! Prêts? Que les jeux commencent!

Table des matières

C'est du sport!

— Qu'allons-nous faire après le dîner,
Karine? demande Rachel Vallée en finissant
de manger sa pomme.

Karine Taillon, la meilleure amie de
Rachel, lui sourit.

— Tu sais ce que j'aimerais vraiment
faire? répond-elle. Aider Béa, la fée du
basketball, à retrouver son ballon magique!

Rachel et Karine partagent un grand secret : lors de vacances sur l'Île-aux-Alizés, les deux fillettes sont devenues amies avec les fées! Maintenant, Rachel et Karine les aident chaque fois qu'il y a un problème au Royaume des fées.

— Souviens-toi de ce que la reine Titania nous a dit, rappelle Rachel. Nous devons laisser la magie venir à nous!

— Je sais, mais je bous d'impatience aujourd'hui, dit Karine. Si nous ne trouvons pas tous les objets magiques avant mon départ dans quelques jours, le Bonhomme d'Hiver et ses gnomes remporteront la coupe olympique du Royaume des fées!

Les Olympiades auront lieu à la fin de la semaine, mais le méchant Bonhomme d'Hiver a volé les sept objets magiques des fées des sports. Ces objets garantissent non seulement que les sports sont amusants et passionnants, mais aussi que les participants jouent franc-jeu au Royaume des fées comme dans le monde des humains. Toutefois, le Bonhomme d'Hiver veut que ses gnomes utilisent la magie pour tricher et pour gagner toutes les épreuves des Olympiades. Il a envoyé ses gnomes dans le monde des humains afin qu'ils cachent les objets magiques et s'entraînent. Rachel et Karine ont promis aux fées des sports d'essayer de trouver les sept objets avant que les Olympiades ne commencent.

Rachel soupire.

— La disparition des objets magiques

3

a aussi un impact dans le monde des humains, ajoute-t-elle. Je me demande combien de parties de basketball se déroulent mal en ce moment parce que Béa n'a plus son ballon!

— Eh bien, nous avons déjà trouvé la bombe d'équitation magique d'Élise, le ballon de soccer de Sabrina et le lacet de Pénélope, fait remarquer Karine.

Rachel hoche la tête.

— Nous ne pouvons pas laisser le Bonhomme d'Hiver et ses gnomes gagner la coupe en trichant, dit-elle avec sérieux. Surtout maintenant que le roi Obéron nous a dit que la coupe était remplie de chance. Imagine tous les problèmes que les gnomes causeront si la chance est de leur côté!

À ce moment-là, la mère de Rachel entre dans la cuisine.

— Alors les filles, avez-vous fini votre
dîner? demande-t-elle. Je ne sais pas si vous
avez déjà décidé ce que vous vouliez faire
cet après-midi, mais j'ai pensé que ceci
pourrait vous intéresser.

Elle pose une brochure sur la table.

— *C'est du sport!* lit Rachel à voix
haute. *Ce mardi, venez essayer gratuitement
de nouveaux sports au centre de loisirs de
Combourg!*

Karine ouvre la brochure.

— Regarde! s'exclame-t-elle. On peut jouer aux quilles, au badminton, au croquet, au baseball, au basketball...

Elle jette un regard entendu à Rachel en prononçant ces derniers mots.

Les fées des sports ont dit aux fillettes que les gnomes qui ont en leur possession l'un des objets magiques seront particulièrement attirés par le sport que représente cet objet. De plus, ils voudront sans doute s'entraîner pour les Olympiades des fées. Il est donc fort probable que le gnome en possession du ballon de basketball magique aille au centre de loisirs aujourd'hui.

—Vous devriez y aller et essayer quelques sports, suggère Mme Taillon en débarrassant la table.

— Bonne idée, maman, dit Rachel en se levant d'un bond.

— Ça a l'air amusant, acquiesce Karine.

Les fillettes mettent leurs chaussures de
sport et se rendent au village. Le centre de
loisirs est proche de la rue Principale. Tous
les terrains de football et de soccer devant

le bâtiment sont occupés. Il y a même des
groupes qui attendent leur tour.

— On dirait que nous ne sommes pas les
seules à vouloir essayer de nouveaux sports
aujourd'hui, déclare Karine alors qu'elles se

dirigent vers les portes vitrées du centre de
loisirs. Crois-tu que les gnomes seront là?

Rachel hoche la tête.

— Peut-être. En tout cas, ce sera difficile
de les repérer parmi tous ces gens.

Les fillettes entrent dans le centre et
regardent un match de badminton. Puis,
elles jettent un coup d'œil au studio de
yoga où un cours a lieu.

— Allons voir ce qui se passe sur les
terrains de basketball, propose Rachel en

arrivant devant le gymnase. Ils sont dehors, près de la piste d'athlétisme.

Quand les fillettes arrivent, elles constatent que tous les terrains de jeu sont occupés sauf un. Deux équipes sont en train de faire des étirements à côté du terrain inoccupé, prêtes à commencer un match.

— Tout semble normal, dit Karine à voix basse. Aucun gnome à l'horizon.

— Je n'en vois pas non plus, acquiesce Rachel.

Puis elle remarque une fillette qui s'approche d'elles.

— Karine, c'est mon amie Annie. Elle va à la même école que moi! s'exclame Rachel.

Elle salue Annie de la main alors que celle-ci

s'apprête à passer devant les deux amies.

— Bonjour, Annie!

La fillette s'arrête. Elle semble nerveuse.

— Oh, bonjour Rachel, dit-elle. Désolée, j'étais pressée et je ne t'ai pas vue. Est-ce ton amie Karine?

Rachel hoche la tête.

— Bonjour Annie, dit Karine. Y a-t-il un problème? Tu sembles inquiète.

— Tout va mal aujourd'hui, répond Annie en poussant un énorme soupir. Je fais partie d'une équipe de basketball avec mes amies et un groupe de garçons vient de nous mettre au défi de jouer contre eux. Leur équipe s'appelle les Redoutables basketteurs verts.

— Les Redoutables basketteurs verts? répète Rachel. Quel nom étrange!

— Oui et ils sont redoutables! poursuit

Annie. Ils ont battu toutes les autres équipes à plate couture et ils ont un comportement un peu bizarre. Ils ont peint leurs mains en vert et ils portent des masques verts.

Elle secoue la tête et ajoute :

— Ils se prennent vraiment au sérieux et portent bien leur nom!

Un frisson d'enthousiasme parcourt Karine. Elle jette un coup d'œil furtif à Rachel et voit que son amie pense la même chose qu'elle : les Redoutables basketteurs verts seraient-ils des gnomes?

Annie se mord nerveusement les lèvres.

— Le problème, explique-t-elle, c'est
que deux de nos joueuses ne se sont pas
présentées. La partie commence dans
quelques minutes et notre équipe n'est
pas complète! J'allais justement au centre
de loisirs pour essayer de trouver d'autres
joueuses. Il en faut sept dans chaque équipe.

Cinq joueuses sont sur le terrain et les deux autres sont des remplaçantes.

Rachel regarde de nouveau Karine. Elles doivent vérifier si les joueurs verts sont vraiment des gnomes, et c'est l'occasion rêvée de le faire!

— Karine et moi pourrions jouer dans ton équipe, propose Rachel. N'est-ce pas, Karine?

Karine hoche la tête, et Annie affiche un grand sourire.

—Vous voulez bien? s'écrie Annie avec

enthousiasme. Ce serait super!

— Mais nous n'avons pas d'uniformes,
dit Karine en regardant les pantalons
d'entraînement que Rachel et elle portent.

— Ne vous inquiétez
pas, répond Annie en
menant les fillettes vers
le terrain de basketball.
Personne n'en porte!
C'est un entraînement,
pas un vrai match. Je
vais vous trouver des
dossards.

— D'accord, dit
Karine, mais je te
préviens, je ne suis pas
très douée pour le basketball.

Annie sourit.

— Ne t'inquiète pas. Personne ne joue

bien aujourd'hui, sauf les Redoutables basketteurs verts, avoue-t-elle. Tout le monde semble avoir les mains pleines de pouces et deux pieds gauches. Même moi!

Rachel prend un air compatissant. Karine et elle savent pourquoi tout le monde est maladroit : c'est parce que le ballon magique de Béa a disparu.

— Eh bien, nous ferons notre possible, déclare Rachel d'une voix assurée.

Karine approuve d'un signe de tête.

— Rachel, je t'ai vue jouer au basketball à l'école et je sais que tu as un bon lancer, dit Annie quand elles arrivent sur le terrain. Alors tu peux être notre atout secret!

Rachel rougit.

— J'essaierai de marquer quelques paniers, promet-elle.

Sur le côté du terrain, Annie prend deux

dossards et les tend aux deux fillettes. Puis,
toutes trois se rendent sur le terrain en

courant.

— Rachel, tu
joueras au centre et
toi, Karine, tu seras
ailière, explique-t-
elle. Tu seras surtout
chargée de défendre.
Maintenant, venez
faire connaissance avec le reste de l'équipe.

Annie mène Rachel et Karine vers
un petit groupe de fillettes à un bout du
terrain. Elles semblent très nerveuses.

— Ne faites pas cette tête! s'exclame
Annie. J'ai trouvé deux joueuses!

Le reste de l'équipe retrouve
immédiatement le sourire.

— C'est formidable! dit une grande fille

aux cheveux clairs. Nous avons besoin
d'une équipe complète. Les Redoutables
basketteurs verts sont vraiment bons!

Rachel et Karine observent l'équipe des
Redoutables basketteurs verts qui s'entraîne
à l'autre bout du terrain. Les joueurs
portent des casquettes qui dissimulent leurs
visages et se passent rapidement la balle
avec adresse et assurance.

— Ce sont des gnomes, Karine, sans

aucun doute, murmure Rachel en
apercevant un nez vert et pointu dépasser
d'une casquette.

— Je sais, répond Karine à voix basse. Et
regarde celui qui fait tourner un ballon sur
son doigt!

Rachel le dévisage et pousse un petit cri
de surprise. Des étincelles violettes luisent

légèrement tout autour du ballon qui
tournoie!

— C'est le ballon
magique de Béa!
s'exclame-t-elle
d'une voix étouffée.
—Youpi!
Maintenant, il
ne nous reste plus
qu'à le récupérer, fait
remarquer Karine.

— Le match va commencer, signale
l'arbitre en donnant un coup de sifflet.
Nous allons juste faire une petite partie
d'une quinzaine de minutes aujourd'hui.

Elle lance une pièce en l'air et se
tourne vers le plus grand gnome qui est le
capitaine de son équipe.

— Face! s'écrie le capitaine.

L'arbitre examine la pièce.

— Face, annonce-t-elle. Les Redoutables basketteurs verts vont engager.

Les gnomes s'empressent de prendre leurs positions. L'arbitre donne un coup de sifflet. Le gnome au centre fait immédiatement une passe au gnome à sa droite. Karine et une autre joueuse essaient de lui prendre le ballon, mais le deuxième gnome fait une passe à l'un de ses coéquipiers
en lançant le ballon très haut dans les airs. Un instant plus tard, le ballon entre avec précision dans le panier.

— Deux à zéro, dit l'arbitre.

Les gnomes poussent des cris de joie et se

tapent dans la main.

Karine échange un regard consterné avec
Rachel. Les gnomes ont pris de l'avance
et personne dans l'équipe des fillettes n'a
encore eu la chance de toucher le ballon!

Annie met le ballon en jeu, mais l'un des
gnomes se jette devant Karine et le lui vole.
Une fois de plus, les gnomes contrôlent le
jeu. Après une série de passes spectaculaires,
le gnome au centre esquive Karine et
marque un autre panier.

— Quatre à zéro! annonce l'arbitre.

Impuissante,
Rachel regarde
les gnomes dribler
le ballon avec
agilité et aisance et
marquer des tonnes
de paniers. Les

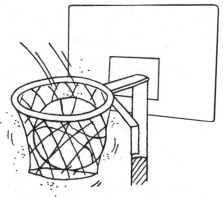

gnomes sont trop rapides pour les joueuses
de l'équipe d'Annie. Rachel se rend compte
que cela veut dire que la magie du ballon
de Béa n'opère pas sur elles. Elles n'ont pas
le ballon en main suffisamment longtemps
pour que la magie leur profite, car les
gnomes le leur prennent constamment.
Rachel regarde Karine à l'autre bout du
terrain et secoue tristement la tête. Si les
choses continuent comme ça, les fillettes
ne pourront jamais récupérer le ballon

magique de Béa!

Puis l'un des gnomes essaie de faire une passe en cloche à un coéquipier : le ballon s'envole haut dans les airs, mais Annie saute et réussit à l'intercepter.

— Annie! crie Rachel en agitant les bras. Fais-moi une passe!

Annie passe le ballon à Rachel, mais alors qu'elle s'apprête à l'attraper, un gnome saute devant elle et lui vole le ballon.

— Oh non! soupire Rachel.

Elle reste sous le panier et regarde tristement le gnome dribler rapidement le ballon jusqu'à l'autre zone. À ce moment-là, une pluie d'étincelles déferle tout autour

d'elle. Surprise, elle lève les yeux. Béa, la
fée du basketball, est assise sur l'anneau du
panier!

—

À l'aide, Béa!

Béa salue Rachel de la main et s'approche d'elle en papillonnant. Elle porte un haut et une jupe de sport de couleur bleue et violette avec des chaussures de basketball et un bandeau assortis. Ses cheveux blonds sont joliment relevés en deux couettes attachées par des rubans.

— Ne t'en fais pas, Rachel, murmure Béa en se posant avec légèreté sur l'épaule de la fillette. Je suis sûre que nous trouverons une façon de récupérer mon ballon.

— Je l'espère! dit Rachel avec enthousiasme. Je suis contente de te revoir, Béa!

La petite fée sourit et se glisse rapidement dans la poche du pantalon d'entraînement de Rachel.

À ce moment-là, l'arbitre donne le coup de sifflet signalant la fin de la partie.

— Les Redoutables basketteurs verts gagnent vingt à zéro! annonce-t-elle.

Les gnomes poussent des cris de joie.

L'équipe d'Annie quitte le terrain en traînant les pieds.

— On s'est fait écraser! se plaint Annie à Karine alors qu'elles rejoignent Rachel. Nous avons à peine touché le ballon pendant la partie. Mais merci d'avoir joué avec nous, les filles. Nous allons essayer d'autres sports maintenant. Vous voulez venir?

— Non merci, je pense que nous allons rester ici un peu plus longtemps, dit Rachel. À plus tard!

Annie les salue, puis Rachel entraîne Karine à l'autre bout du terrain. Elle veut s'éloigner des gnomes qui célèbrent encore leur victoire.

— Regarde qui est là, murmure Rachel.

— Bonjour Karine, dit Béa en sortant de la poche de Rachel.

— Oh! Béa! s'exclame Karine. Tu es là!
Nous avons vraiment besoin de ton aide
pour récupérer le ballon magique.

Béa dirige sa baguette vers les gnomes
encore tout excités.

— Nous devrions rester près d'eux et
attendre une occasion de saisir le ballon,
suggère-t-elle. Regardez, ils s'en vont.

Deux autres équipes arrivent sur le terrain

pour disputer un match. Les gnomes quittent
précipitamment le terrain en parlant avec
animation. Leur capitaine est en tête. Il tient
encore le ballon magique.

Béa replonge dans la poche de Rachel
et les fillettes suivent les gnomes en gardant
leurs distances pour ne pas se faire remarquer.

— Bon, on va pratiquer nos tirs
maintenant, dit le capitaine d'une voix
autoritaire.

Il mène son équipe au centre de loisirs et
ajoute :

— Nous allons nous entraîner à l'intérieur.
C'est plus calme.

Les autres gnomes protestent.

— C'est ennuyant! se plaint l'un d'entre
eux. On ne pourrait pas faire quelque chose
d'autre? Nos tirs sont déjà très bons!

Le capitaine lui jette un regard furieux.

— Comment ça ennuyant? demande-
t-il d'un ton brusque. On peut toujours
s'améliorer. Allez, venez!

Il marche à grands pas vers l'un des
terrains intérieurs. Les autres gnomes le
suivent en grommelant.

Karine, Rachel et Béa jettent un coup
d'œil par les portes entrouvertes. Elles voient
les gnomes qui commencent à faire des tirs
dans l'un des paniers avec le ballon magique.

— Ils marquent presque à tous les coups,
murmure Rachel. Même de la ligne des trois
points!

Les gnomes sont si confiants qu'ils se
mettent à faire les malins. Ils essaient de
tirer par-dessus leurs épaules ou entre leurs
jambes en tournant le dos au panier. Parfois,
ils ratent, mais la plupart du temps, ils
réussissent à marquer.

Béa grimace quand le ballon entre dans le panier une fois de plus.

— C'est mon ballon magique qui fait tout le travail, dit-elle, fâchée. Sans lui, ces gnomes ne seraient que des bons à rien.

— Oh! s'exclame soudainement Karine. Béa, tu viens de me donner une idée. Je crois que je sais comment on peut récupérer ton ballon de basketball!

De la magie dans l'air

— Que doit-on faire, Karine? demande Rachel.

— Béa, pourrais-tu utiliser ta baguette pour faire apparaître un autre ballon de basketball? demande Karine. Un ballon qui étincellerait comme s'il était magique?

Béa hoche la tête.

— Bien sûr, répond-elle. Mais il n'aurait pas de pouvoirs magiques. Ce serait un ballon de basketball ordinaire.

— C'est très bien, affirme Karine. Mais pourrais-tu aussi utiliser ta magie pour que l'anneau du panier repousse tous les ballons que les gnomes lancent?

Béa fronce les sourcils.

— Je peux le faire d'un simple geste avec ma baguette, dit-elle lentement. Mais le sort ne durera pas très longtemps. La magie de mon ballon est si puissante qu'elle finira par prendre le dessus, même sur un sort pour repousser le ballon.

— Mon plan est simple, dit Karine. Il suffit de convaincre les gnomes que leur

ballon de basketball n'est plus magique et
que nous en avons un autre, bien meilleur,
qui est plein de magie! Ils voudront alors
échanger leur ballon contre le nôtre.

Rachel ne voit pas où Rachel veut en
venir.

— Mais les gnomes ne voudront pas de
notre ballon à moins
de nous voir marquer
plein de paniers avec,
fait-elle remarquer.

— Exactement,
approuve Karine.

— Mais comment
allons-nous faire?
demande Rachel,
encore plus perplexe.

Béa vient de nous dire que l'autre ballon
ne sera pas du tout magique. Et les gnomes

ne croiront qu'il est magique que si les tirs
marquent chaque fois un panier!

Karine lui adresse un grand sourire.

— C'est là que tu entres en jeu, Rachel,
explique-t-elle. Comme ton lancer est très
bon, tu convaincras les gnomes que nous
avons un ballon de basketball magique!

— Tu veux dire que je dois faire entrer
le ballon dans le panier chaque fois que je
tire? demande Rachel, la gorge serrée.

— C'est bien ça, répond Karine. Crois-tu

que tu en es capable, Rachel?

— Je ne sais pas, dit Rachel d'un ton anxieux. Je ne serai sans doute pas très bonne aujourd'hui parce que le ballon magique n'est pas à sa place habituelle.

— Mais il est dans la même salle, dit Béa, alors un peu de sa magie t'aidera.

— D'accord, déclare Rachel. Je vais faire de mon mieux. Je vais me concentrer pour marquer un panier chaque fois que les gnomes me regarderont. Ce sera difficile, mais pas impossible.

— Bravo, Rachel! s'exclame Béa en tourbillonnant de joie. Voici ton nouveau ballon de basketball.

Elle lève sa baguette et dessine un cercle

d'étincelles violettes dans les airs. Puis les
étincelles se transforment en un ballon de
basketball qui luit légèrement, tout comme
le ballon magique. Le ballon flotte vers
Rachel qui l'attrape facilement.

Après avoir fait une série de lancers francs
à tour de rôle, les gnomes se mettent à se
disputer.

— C'est mon tour! s'écrie le plus petit
gnome en essayant d'arracher le ballon au
capitaine.

— C'est moi qui suis le chef! grogne le capitaine. Je décide qui est le suivant.

— Je crois que quelqu'un d'autre devrait avoir la chance d'être capitaine, déclare un autre gnome.

— Pas question! hurle le capitaine.

Pendant que tous les gnomes continuent à se disputer, Béa sourit à Rachel et à Karine.

— Maintenant que les gnomes sont

distraits, je peux jeter un sort à l'anneau
du panier pour qu'il repousse le ballon,
murmure-t-elle.

Béa pointe sa baguette vers le panier des
gnomes et une nuée d'étincelles violettes

sillonnent les airs. Rachel et Karine
regardent les étincelles tourbillonner autour
du panier, puis se dissiper.

Un grand gnome mince lève la tête juste
à ce moment-là.

— Hé! s'écrie-t-il en regardant la lueur à peine visible autour du panier. Qu'est-ce que c'est? On dirait la magie des fées!

Rachel, Karine et Béa échangent un regard consterné. Leur plan aurait-il déjà échoué?

Les filles entrent en jeu

Tous les gnomes lèvent la tête et
regardent le panier, mais les dernières
étincelles ont déjà disparu.

— De quoi tu parles? lance le capitaine
d'un ton agacé. Il n'y a rien!

— Tu as des visions! se moque un autre
gnome.

Cette remarque fait rire tous les gnomes.

— Mais j'ai bel et bien vu des étincelles,
insiste le grand gnome.

Il court jusqu'au panier et l'examine
de près tandis que les autres attendent
impatiemment.

— Bon, je ne vois pas de fées, finit par
marmonner le grand gnome, l'air gêné.

— C'est ton tour, aboie le capitaine en
lui mettant le ballon dans les mains.

Le gnome regarde le panier du coin de l'œil, puis il lance le ballon magique qui décrit une courbe parfaite. Mais en retombant, le ballon manque complètement le panier et rebondit sur le sol.

— Que se passe-t-il? se plaint le grand gnome, perplexe.

— Tu es nul, c'est tout! s'écrie méchamment un autre gnome.

Ce dernier saisit le ballon et le lance à son tour. Mais le ballon manque de nouveau le panier, même s'il semblait avoir parfaitement visé.

— Les gnomes commencent à s'inquiéter,

chuchote Béa aux fillettes alors que le
capitaine tente un lancer et manque le
panier lui aussi. Je crois que le moment est
venu d'entrer en jeu, Rachel.

Les trois fillettes, qui étaient cachées
derrière les portes du gymnase, entrent
sur le terrain intérieur. Elles se rendent
rapidement jusqu'au panier situé à l'opposé
des gnomes. Rachel tient le nouveau ballon
de basketball dans ses mains.

Les gnomes ne les remarquent pas. Ils sont bien trop occupés à se disputer au sujet du ballon magique qui ne semble plus les aider à marquer des paniers.

— Et c'est parti! murmure Rachel.

Elle se place devant le panier et s'applique pour faire son lancer. Le ballon monte dans les airs et retombe avec précision dans le panier.

— Bravo, Rachel! s'exclament Béa et Karine en l'applaudissant bruyamment.

Mise en confiance, Rachel essaie de nouveau. Cette fois-ci, le ballon vacille sur l'anneau, mais il tombe tout de même dans le panier.

Karine et Béa applaudissent encore, puis
Karine regarde par-dessus son épaule. À
l'autre extrémité du terrain, les gnomes les
dévisagent.

— Les gnomes ne semblent pas très
contents, chuchote Karine.

Rachel sourit et fait immédiatement un
autre lancer parfait.

Les gnomes ne peuvent plus se retenir! Ils

accourent vers les fillettes. L'un d'entre eux
tient le ballon magique de Béa sous son
bras.

— Comment se fait-il que vous réussissiez
tous vos lancers et pas nous? demande le
capitaine.

— Oh... c'est parce que j'ai ce
merveilleux ballon magique, répond
simplement Rachel en le montrant du

doigt.

— Mais c'est nous qui avons le ballon magique! dit l'un des gnomes, étonné.

Béa regarde leur ballon.

—Vous avez le vieux modèle, affirme-t-elle aux gnomes. Celui-ci est le tout nouveau modèle supermagique!

Rachel fait un autre tir. Les gnomes jaloux marmonnent entre eux en regardant

le ballon fendre les airs et tomber dans le
panier.

— Le nouveau ballon de basketball
est bien meilleur que l'ancien! déclare le
capitaine.

— Oui, donnez-nous le nouveau ballon!
supplient les gnomes.

L'un d'entre eux commence même à se
faufiler derrière Rachel.

Béa hausse les sourcils.

— Si vous essayez de voler notre
ballon magique, je
transformerai Rachel et
Karine en fées et nous
nous envolerons loin
d'ici, dit-elle au gnome
sournois en levant sa
baguette. Et vous ne
mettrez *jamais* la main

sur le nouveau ballon!

Les gnomes échangent un regard et froncent les sourcils.

— Est-ce qu'on pourrait au moins essayer le nouveau ballon magique? gémit un petit gnome. S'il vous plaît?

Béa prend un air songeur.

— Eh bien, finit-elle par dire, nous échangerons notre nouveau ballon contre votre vieux ballon si vous acceptez de retourner immédiatement à la Grotte des gnomes.

— Marché conclu! déclare

vivement le gnome qui tient
le ballon.

Il le tend à Rachel
qui s'apprête à le
saisir quand la
voix du capitaine
retentit.

— ATTENDS!
lance-t-il, l'air
soupçonneux.

D'un geste vif,
le gnome met le
ballon hors de la
portée de Rachel
qui adresse un
regard anxieux à ses
amies. Le capitaine
aurait-il deviné quelque
chose?

— Pourquoi voulez-vous que nous retournions à la Grotte des gnomes? demande le capitaine.

Les mains sur les hanches, Béa s'empresse de lui répondre :

— Parce que si vous restez dans le monde des humains, quelqu'un va se rendre compte que vous êtes des gnomes! Vos casquettes et vos vêtements d'entraînement ne sont pas de bons déguisements. Et vous savez fort bien qu'il ne faut pas que les humains découvrent le Royaume des fées et la Grotte des gnomes

Le capitaine hoche la tête d'un air pensif.

— C'est vrai, grommelle-t-il. Bon, faisons l'échange!

Le gnome tend de nouveau la main vers le ballon de Béa, mais avant que Rachel puisse le prendre, le capitaine fait un bond en avant.

— ARRÊTE! hurle-t-il.

— Oh, décide-toi, maugrée le gnome en arrachant de nouveau le ballon des mains de Rachel.

— Nous acceptons d'échanger le ballon

à une condition, déclare le capitaine en montrant Karine du doigt. Elle, elle n'a pas encore fait de tirs. Je veux être sûr que le nouveau ballon marche pour tout le monde. Je veux la voir marquer un panier.

— Moi? s'écrie Karine.

Elle a une boule dans la gorge. Elle n'a jamais marqué un panier de toute sa vie!

— Tu peux le faire, Karine, dit Rachel à voix basse en lui tendant le ballon.

Béa volette vers Karine.

— Inspire profondément et trouve une position bien équilibrée, dit-elle doucement. Garde un œil sur le panier et fais un lancer bien net. Le plus important, c'est de croire que tu en es capable.

Karine hoche la tête. Elle se sent très nerveuse et ses mains sont moites. Elle soulève le ballon et fixe le panier. Elle essaie de se rappeler les paniers époustouflants de Rachel.

Au bout d'un moment, Karine lance le ballon qui file dans les airs. Rachel, Béa et Karine restent bouche bée en le voyant rebondir sur le panneau et vaciller sur l'anneau. Rentrera-t-il dans le panier?

Un panier parfait

Après ce qui semble une éternité, le ballon finit par tomber dans le panier. Karine pousse un soupir de soulagement et adresse un sourire radieux à Rachel et à Béa.

— D'accord, on veut vraiment ce ballon magique, décide le capitaine des gnomes.

Karine ramasse le ballon et l'échange contre le ballon magique de Béa.

— Maintenant, n'oubliez pas que vous avez promis de retourner directement à la Grotte des gnomes, leur rappelle Béa.

— Ouais! On va montrer le nouveau ballon magique au Bonhomme d'Hiver! s'exclame le gnome qui tient le ballon. Il va être si content de nous!

— Donne-moi le ballon, commande le capitaine.

— Non! répond grossièrement le gnome en se précipitant à l'autre bout du terrain.

Les gnomes le pourchassent et Rachel, Karine et Béa éclatent de rire.

— Ils seront déçus quand ils se rendront compte que le nouveau ballon de basketball

n'est pas magique du tout, dit Rachel.

— Mais il est magique! répond Béa en
faisant un clin d'œil. Nous ne leur avons
pas menti. Le nouveau ballon est magique
parce qu'il est fait de magie. La seule
différence, c'est qu'il ne rend pas les joueurs
bons en basketball.

Elle sourit et volette vers Karine. Elle
prend le ballon magique et le touche du
doigt. Il reprend tout de suite sa taille du
Royaume des fées. Puis, elle le tapote
avec sa baguette. Il étincelle de mille feux

pendant un instant.

— Merci les filles! s'écrie-t-elle. Les
basketteurs joueront à nouveau franc-jeu
et les matchs seront amusants. Maintenant,
il faut que je retourne au Royaume des
fées pour annoncer la bonne nouvelle aux
autres fées des sports.

Elle sourit à Rachel
et à Karine tout
en faisant tourner
le ballon sur un
doigt.

— Continuez
votre bon travail!

Puis elle s'envole
par la porte ouverte
en laissant un sillage
d'étincelles violettes derrière elle.

Les fillettes partent à la recherche d'Annie

et de ses amies.

— Ma foi, tu avais raison, Rachel, dit gaiement Karine. La magie est venue à nous!

— Maintenant, nous allons nous amuser à essayer d'autres sports, ajoute Rachel en riant. Et j'espère vraiment que nous aurons d'autres aventures passionnantes avec les fées des sports!

L'ARC-EN-CIEL magique

LES FÉES DES SPORTS

Maintenant, Rachel et Karine
doivent aider

Nathalie,
la fée de la natation!

Les gnomes du Bonhomme d'Hiver ont
dérobé les lunettes de natation magiques
de Nathalie. Rachel et Karine pourront-
elles l'aider à déjouer les gnomes pour les
récupérer?

Voici un aperçu de leur
prochaine aventure!

Problèmes à la piscine

—Va chercher la balle, Bouton! s'écrie Rachel Vallée en lançant la balle favorite du chien à l'autre bout de la cour arrière.

Karine Taillon, la meilleure amie de Rachel, passe la semaine de relâche chez les Vallée. Elle sourit et, en regardant le chien se précipiter sur la balle, elle dit :

— Bouton aime bien faire de l'exercice, n'est-ce pas?

— Et nous sommes presque aussi en forme que lui! Nous avons eu une semaine très sportive!

Rachel sourit. Les parents des fillettes ne sont pas au courant, mais elles ont vécu de nouvelles aventures féeriques cette semaine. En effet, elles ont aidé les fées des sports à retrouver les objets magiques que les gnomes leur ont volés. Rachel et Karine s'estiment très chanceuses d'être amies avec les fées.

— Bon chien! dit le père de Rachel qui arrive dans la cour arrière avec sa femme.

— Quelle belle journée! dit Mme Vallée. Ce serait un jour parfait pour aller à la piscine.

Rachel et Karine échangent un regard enthousiaste. Ce serait super d'aller nager, surtout qu'elles doivent retrouver les lunettes de Nathalie, la fée de la natation.

— Oh oui! Pourrait-on aller nager, maman? demande Rachel.

— La piscine de Combourg est fermée, fait remarquer M. Vallée, mais l'Aqua Fun dans la ville voisine, est ouvert.

Puis il fronce les sourcils et ajoute :

— Mais je viens de laisser la voiture chez le mécanicien pour un changement d'huile, alors je ne pourrai pas vous y déposer.

— Vous pourriez y aller en autobus, dit Mme Vallée. Le numéro 41 va jusque là-bas. Si tu prends ton téléphone cellulaire, Rachel, tu pourras m'avertir quand vous serez de retour.

— Hourra! s'exclament les deux fillettes.

Elles se ruent dans la maison pour aller préparer leur sac de piscine. Ensuite Mme Vallée les accompagne jusqu'à l'arrêt d'autobus…

LE ROYAUME DES FÉES
N'EST JAMAIS TRÈS LOIN!

Dans la même collection

Déjà parus :

Éditions spéciales

Diana, la fée des demoiselles d'honneur

Juliette, la fée de la Saint-Valentin

Clara, la fée de Noël

Sandrine, la fée d'Halloween

Pascale, la fée de Pâques

Véronica, la fée des vacances

Blanche, la fée des neiges

LES FÉES DES PIERRES PRÉCIEUSES

India, la fée des pierres de lunes

Scarlett, la fée des rubis

Émilie, la fée des émeraudes

Chloé, la fée des topazes

Annie, la fée des améthystes

Sophie, la fée des saphirs

Lucie, la fée des diamants

LES FÉES DES ANIMAUX

Kim, la fée des chatons

Bella, la fée des lapins

Gabi, la fée des cochons d'Inde

Laura, la fée des chiots

Hélène, la fée des hamsters

Millie, la fée des poissons rouges

Patricia, la fée des poneys

LES FÉES DES JOURS DE LA SEMAINE

Lina, la fée du lundi

Mia, la fée du mardi

Maude, la fée du mercredi

Julia, la fée du jeudi

Valérie, la fée du vendredi

Suzie, la fée du samedi

Daphné, la fée du dimanche

LES FÉES DES FLEURS

Téa, la fée des tulipes
Claire, la fée des coquelicots
Noémie, la fée des nénuphars
Talia, la fée des tournesols
Olivia, la fée des orchidées
Mélanie, la fée des marguerites
Rébecca, la fée des roses

LES FÉES DE LA DANSE

Brigitte, la fée du ballet
Danika, la fée du disco
Roxanne, la fée du rock'n'roll
Catou, la fée de la danse à claquettes
Jasmine, la fée du jazz
Sarah, la fée de la salsa
Gloria, la fée de la danse sur glace

LES FÉES DES SPORTS

Élise, la fée de l'équitation
Sabrina, la fée du soccer
Pénélope, la fée du patin
Béa, la fée du basketball

À paraître :

Nathalie, la fée de la natation
Tiffany, la fée du tennis
Gisèle, la fée de la gymnastique

REPENTANCE

A Daring Call to Real Surrender

C. John Miller

CLC
PUBLICATIONS

Fort Washington, PA 19034

Repentance
Published by CLC Publications

U.S.A.
P.O. Box 1449, Fort Washington, PA 19034

UNITED KINGDOM
CLC International (UK)
51 The Dean. Alresford, Hampshire, SO24 9BJ

ISBN (Paperback): 978-0-87508-979-9
ISBN (E-book): 978-1-936143-63-4